LE PETIT JOUET

Alexandre Contart

DU MÊME AUTEUR

L'Emprise, 2019

Ad Vitam Æternam, 2021

Tu m'appartiens, 2022

Oui Monsieur, 2022

Comment débuter une relation D/s, 2023

Dévanillez-vous, 2024

Vlad, 2024

Couverture : Messaline Bothy

Correctrice : Alexia Zampunieris

ISBN : 978-2-9585657-8-7

Version : 1.0 12.24

Pour mon petit chantier,

LE PETIT JOUET

LE PETIT JOUET

Arrivée devant la porte d'entrée de ce grand pavillon de banlieue, elle hésita un instant avant d'appuyer sur la sonnette. Ce n'était pas la première fois qu'elle venait dans cette maison, mais elle avait l'intuition que cette fois-ci serait différente. Dans son sweat large avec sa paire de Docs, sa petite valise cabine rose et un casque blanc sur les oreilles, elle avait voyagé une partie de la journée et malgré la fatigue, elle n'arrivait pas à tempérer son excitation. Elle retira son casque, appuya sur la sonnette et attendit sagement que la porte s'ouvre. Un bruit de clé se fit entendre et une silhouette féminine apparut dans l'encadrement de la porte. Chloé l'accueillit avec un sourire sincère qui témoignait d'une joie communicative.

— Entre, ne reste pas dehors, lui dit-elle avant

de s'emmitoufler dans un grand pull en laine beige. Monsieur n'est pas encore là, mais il ne va pas tarder.

Elle pénétra dans la maison. Elle pouvait sentir cette odeur apaisante qu'elle n'avait respirée que dans ce lieu. Cette odeur que l'on sent chez soi, quand on est parti bien trop longtemps et que l'on retrouve enfin son foyer. Une odeur qui lui faisait du bien et qui lui avait manqué considérablement.

— Tu as fait un bon voyage ? demanda Chloé avec douceur.

— Oui, j'avoue avoir pris un peu mon temps, je voulais faire un peu de shopping avant d'arriver.

— Tu as bien fait. En attendant que Monsieur arrive, si tu veux, tu peux déjà poser tes affaires dans ta chambre et te mettre en tenue. Si tu as envie de prendre une douche avant, n'hésite pas, j'ai laissé une serviette sur ton lit.

— Merci beaucoup, répondit-elle en attrapant sa valise, déjà prête à gravir les marches pour monter à l'étage. J'ai combien de temps ?

J'aimerais être prête pour l'arrivée de Monsieur.

— Prends le temps qu'il te faut, dans tous les cas, il ne m'a pas dit à quelle heure exactement il serait là.

Elle ferma la porte et s'assit sur le lit. C'était une ancienne chambre d'enfant qui n'avait pas été réaménagée. Témoin du passé, on pouvait trouver des peluches çà et là, des livres de la bibliothèque rose et un petit bureau en bois. Elle balaya la pièce d'un regard rapide et sourit de contentement à l'idée de pouvoir y dormir deux nuits.

Elle ne perdit pas un instant et alla prendre une douche avant de se changer. La consigne était simple : elle ne devait porter qu'un tee-shirt noir ample. Elle n'avait pas le droit aux sous-vêtements ni aux chaussettes. Elle sortit de sa valise une paire de claquettes roses avec des oreilles de chat qu'elle enfila aussitôt. Elle attacha ses longs cheveux blonds avec un élastique, puis elle descendit.

Elle n'avait pas vu le temps passer. Elle éprouvait un véritable bien-être dans cette demeure et le monde extérieur semblait disparaître à chaque fois qu'elle s'y retrouvait.

Monsieur, assis dans le canapé, releva la tête quand elle pénétra dans la pièce. Sans un mot, il se leva et alla à sa rencontre. Il lui tendit la main qu'elle prit délicatement. Elle mit un genou à terre et posa sur le dos de sa main la peau translucide de son front. Elle attendit quelques secondes, puis il l'invita à se relever. C'est comme cela qu'il lui avait appris à témoigner du respect à une personne dominante. Elle se redressa après cette révérence, puis il déposa un baiser sur ses joues.

Elle avait du mal à soutenir son regard, et en sa présence, elle n'osait plus vraiment parler. Quelque chose qu'elle n'aurait su expliquer se dégageait de cet homme. Une emprise magnétique, une énergie sombre, une gêne presque palpable qui la mettait en position de faiblesse. Pourtant, elle aimait ça et se réjouissait de se retrouver entre ses mains une nouvelle fois.

— J'espère que vous avez mangé sur la route,

lui dit-il avec une voix paternelle.

— J'ai grignoté un peu, répondit-elle gênée.

— Comment ça *grignoté* ? Vous avez mangé quoi exactement ?

Chloé les rejoint dans le salon et alla s'asseoir sur le canapé.

— Je suis sûre qu'elle n'a rien avalé de la journée, dit-elle en levant les yeux au ciel.

— Non, c'est faux, j'ai mangé des gâteaux, bougonna la jeune femme d'une voix enfantine. Je n'avais pas très faim, Monsieur…

— Il faudra tout de même que vous mangiez quelque chose avant d'aller plus loin, sinon vous n'allez pas pouvoir tenir votre séance.

— Je vous assure que cela va aller.

— Je crois qu'il va falloir que je m'occupe également de votre alimentation, dit-il en soupirant.

— Mais non, Monsieur, je vous assure que je vais bien.

— C'est ce que nous verrons tout à l'heure.

Son regard était brillant, illuminé par toutes les pensées sadiques qui traversaient son esprit.

En attendant, reprit-il, vous pouvez vous installer dans votre cage. Est-ce que j'ai besoin de vous rappeler les règles de la maison ?

— Non, Monsieur, je les connais.

Elle se mit immédiatement à genoux et lui tendit un collier en acier qu'elle avait apporté avec elle. Posé sur ses paumes, le bijou était solide, surmonté d'un anneau et ne pouvait s'ouvrir et se fermer qu'en insérant une clé dans un tout petit verrou. Elle baissa la tête, attendant que l'homme debout devant elle s'en empare.

Il prit le temps de la regarder, d'apprécier le spectacle de cette jeune femme offerte qui, avec ce collier dans ses mains, attendait de retrouver sa place. Il s'en empara, sortit une clé de sa poche et le déverrouilla. Il se positionna derrière elle, lui demanda de relever ses cheveux, puis il passa le collier autour de son cou et vint le refermer avec sa clé.

— Maintenant, tu es à ta place, « mon petit jouet », tu peux aller t’asseoir.

Elle se dirigea vers une grande cage noire qui était posée non loin du canapé. À l'intérieur, une couverture recouvrait le sol et un petit coussin était posé dessus. Elle avait beau ne pas être très grande, la cage l’était encore moins. Elle s’y installa, tourna quelques instants sur elle-même avant de trouver une position confortable. Elle pensa à ses amies qu’elle avait laissées à leur soirée bowling dans son petit village et les imagina la voir enfermée dans cette cage métallique. Bien sûr, elles l'auraient jugée, mais sans jamais se rendre compte qu’à cet instant, elle était à l’endroit qu’elle préférait sur cette terre.

*

Le bouchon s’échappa de la bouteille dans un claquement sonore qui la réveilla en sursaut. Elle s’était assoupie dans sa cage, tandis que dans le salon, Chloé avait déposé sur la table basse un grand plateau avec l'apéritif. Monsieur avait ouvert une bouteille de champagne et servait trois coupes. Il jeta un coup d'œil rapide à son petit jouet.

— Je vois que vous êtes réveillée. Il est temps de partager un verre ensemble. Sortez de votre cage et rejoignez-nous.

Elle tenta de s'étirer, mais la cage était trop petite. Elle ouvrit la porte, s'en échappa, et rejoignit à quatre pattes le tapis du salon au milieu duquel trônait la table basse. Elle se mit à genoux et attendit sagement. Sur le plateau, il y avait trois verres que Monsieur avait servis. Il en tendit un à Chloé, en prit un pour lui. À côté de la table, était posée sur le tapis une gamelle en inox. Il prit le troisième verre et le versa dans la gamelle avant de le reposer sur la table. Il trinqua avec son épouse et but une gorgée. Le petit jouet se pencha en avant, tout en prenant appui sur une main, et lapa le champagne dans la gamelle.

— Je vais préparer mes affaires, dit-il en se

levant. Nous pourrons jouer ensuite.

Il traversa le salon pour s'emparer d'une grande valise noire qui trônait dans un coin de la pièce.

En entendant ces mots, un petit frisson traversa son corps. Elle était impatiente de se retrouver offerte entre ses griffes, sous l'œil pervers de son épouse qui se délecterait une nouvelle fois de ce spectacle.

Elle continua à laper, le tee-shirt était un peu trop court et l'on pouvait voir ses fesses. Sa langue allait et venait dans la gamelle et le champagne éclaboussait son visage enfantin.

Elle n'eut pas longtemps à attendre, et il finit par l'inviter à le rejoindre près de la table de la salle à manger. Elle connaissait les règles, elle était obéissante. Elle retira son tee-shirt et, totalement nue, vint se positionner à genoux à côté de lui. Les fesses sur les talons, les mains posées sur les cuisses, les paumes tournées vers le ciel, les yeux irrémédiablement baissés vers le sol.

— Ce soir, nous allons nous amuser ensemble,

mon petit jouet. Que vous ayez été sage ou non m'importe peu, vous serez punie pour votre plus grand plaisir. Vous aimerez cela et vous me remercierez pour cela.

— Oui, Monsieur. Merci, Monsieur.

Elle n'avait pas relevé la tête et continuait à fixer le sol. Elle savait qu'avec lui, il valait mieux être obéissante ou Monsieur pouvait arrêter le jeu à tout moment.

— Vous vous souvenez de votre mot de sécurité ?

— Oui, Monsieur.

— Très bien, nous allons pouvoir commencer.

Il la fit se lever pour la positionner face à la grande table qui trônait dans la salle à manger. Du canapé, Chloé pouvait voir son visage. Elle trépignait d'impatience et but une gorgée en attendant que la séance débute. Elle aimait voir ce petit visage fragile se transformer sous les coups de Monsieur. Peu à peu, elle deviendrait femme et toute la sensualité qui s'en dégagerait était un aphrodisiaque pour Chloé qui, depuis qu'elle y avait gouté, ne savait plus s'en passer.

Le petit jouet était debout, les mains posées sur la table, le corps nu, offerte à celui qu'elle appelait Monsieur et qu'elle n'aurait jamais osé appeler par son prénom.

À l'aide d'une badine en bois, il vint caresser le dos de la jeune femme qui frémit. Il descendit le long de ses jambes et donna quelques petits coups légers à l'intérieur des cuisses pour qu'elle les écarte et se positionne convenablement. Derrière elle, il posa ses mains sur ses hanches et appuya sur son dos pour qu'elle se cambre et que ses fesses s'offrent à lui de la meilleure des manières. Il retourna vers sa valise et y saisit un martinet en cuir aux fines lanières qu'il commença à faire tournoyer avant de l'abattre sur ses fesses. Le premier coup la fit sursauter, mais elle ne bougea pas. Elle aimait sentir la morsure du cuir, elle aimait se sentir à sa merci. Il aimait prendre son temps, il aimait jouer avec sa proie.

Le mouvement s'accéléra et le bruit des coups se

fit plus régulier. Il préparait doucement sa peau avant de débuter réellement la séance. La douleur était trop légère pour qu'elle puisse prendre du plaisir, mais suffisamment forte pour qu'elle commence à se tortiller. Il passa une main sur sa fesse qui commençait à rougir. Sa peau était chaude et il pouvait sentir l'odeur de son corps changer imperceptiblement. Il posa une main sur son épaule. Elle savait ce que cela signifiait, et elle ferma les yeux tout en souriant. Il lui décocha une fessée dantesque qui électrisa son corps. La douleur était lourde, violente, mais tellement addictive qu'elle supplia intérieurement qu'il recommence. Elle n'eut pas longtemps à attendre avant qu'il ne lui assène une deuxième fessée aussi lourde que la première. Sa main glissa de son épaule jusqu'à son cou sur lequel elle se posa avec délicatesse. Sa main était si large et son cou si frêle qu'il aurait pu le briser en serrant un peu trop fort, mais il maîtrisait chacun de ses mouvements. Il renforça son étreinte délicatement avant qu'une pluie de fessées rapides et piquantes comme des aiguilles ne s'abatte sur elle. Son souffle devint plus rapide, soulignant la difficulté de maintenir sa position tout en recevant cette avalanche de coups. Elle lâcha un petit rire nerveux, puis d'un léger mouvement de tête repoussa ses cheveux en arrière. Elle savait que dans quelques instants, elle commencerait à ressentir les endorphines dans son corps et que son esprit insidieusement divaguait déjà. Toujours derrière elle, il approcha son visage de son oreille pour lui demander si tout allait bien. Elle acquiesça d'un « oui, Monsieur » tremblant. Il jeta ensuite un regard vers Chloé qui observait la scène avec plaisir, confortablement installée dans le canapé. Soudainement, il agrippa ses cheveux longs et tira avec force pour la contraindre à s'agenouiller au sol. Elle ne s'attendait pas à un geste aussi brusque, mais la surprise contribua à son excitation. Elle pouvait sentir la tension qui émanait de lui. Ses yeux étaient fixés sur elle comme un prédateur sur sa proie. Il était beau et l'énergie qui se dégageait de lui l'excitait au plus haut point.

— Reste à genoux et mets tes mains derrière la tête.

Elle s'exécuta, lui offrant le spectacle de sa petite poitrine dont les tétons pointaient déjà. Il prit un petit sac de toile noir et en sortit une pince à linge en bois qu'il positionna sur le sein droit. Elle priait intérieurement pour qu'il n'en place pas une sur son téton, tant la douleur aurait été insupportable, mais il n'en fit rien. Il continua à martyriser la peau de ses seins jusqu'à ce qu'une dizaine de pinces soient positionnées.

— Tu peux te lever maintenant. Tourne-toi et reprends ta position.

Elle s'exécuta immédiatement. Les pinces à linges la faisaient souffrir, mais son masochisme n'en était plus à ses débuts. Elle avait besoin de toujours plus, et seul cet homme jusqu'à présent était en mesure de lui donner toute la douleur nécessaire pour qu'elle puisse prendre autant de plaisir.

Il prit un paddle en bois de taille moyenne dont le manche était gravé de ses initiales. Il le posa délicatement sur ses fesses, mais elle n'était pas dupe. Elle savait que les caresses ne duraient jamais très longtemps et que viendrait le moment où le paddle s'abattrait sur elle. Elle ne le redoutait pas, mais elle connaissait la douleur qu'il procurait. Elle tenta de s'y préparer, mais il s'abattit sur elle sans qu'elle n'en ait eu le temps. Le bois écrasait la peau et les petits vaisseaux sanguins, mais surtout provoquait une douleur large et profonde qui pénétra en elle.

— Nous allons voir jusqu'où vous êtes prête à aller, lui murmura-t-il à l'oreille.

Un deuxième coup électrisa sa fesse, lui arrachant un petit soupir de douleur qu'elle aurait préféré garder pour elle. Un troisième brûla avec plus de force sa peau et le quatrième la fit se tortiller. Elle respirait plus fort, mais elle ne voulait pas se montrer faible. Elle dissimulait autant que possible la douleur diffuse pour que la séance ne s'arrête pas.

En se repositionnant, son bras effleura une pince à linge qui pinçait avec force son sein. La douleur se rappela à elle, et elle dut serrer les dents pour ne pas lâcher un cri. Dans son dos, elle sentit le petit bout arrondi de la badine de Monsieur qui parcourait sa peau. Il avait changé d'instrument, et celui-ci n'était pas pour lui déplaire, même si elle savait que la douleur allait monter d'un cran.

— C'est beaucoup trop facile comme cela, lui dit-il. Nous allons jouer un peu.

La badine glissa jusqu'à ses chevilles, puis d'un petit tapotement, il la mit sur la pointe des pieds. En équilibre, elle avait moins de prise avec le sol et encaisser chacun des coups pouvait devenir plus dur qu'elle le pensait.

— Je vous interdis de toucher le sol avec votre talon, sans quoi je serai obligé de vous punir, et la badine ne sera rien à côté de ce que je vous ferai.

Les mots résonnèrent en elle, mais elle se demanda

ce qu'il pouvait bien y avoir de pire que cette badine qui était déjà extrêmement douloureuse.
Elle n'était pas adepte des talons et tenir cette position sur la pointe des pieds devint vite douloureux. Pourtant, elle ne lui montra rien. Elle ne voulait pas qu'il la trouve faible, elle voulait qu'il soit fier d'elle et elle ferait tout pour ça.
Le premier coup de badine fut sec et soudain. Tout son corps fut traversé d'un électrochoc, mais elle ne bougea pas. Le second fut si rapproché qu'elle eut à peine le temps de se préparer et lâcha malgré elle un petit souffle d'air sonore qui indiquait que la douleur était croissante. Le troisième coup de badine offrit un rire de contentement.
Il posa un instant la badine et passa son pied sous son talon.

— Si tu m'écrases le pied, tu sais ce qui t'attend… dit-il d'une voix sadique dont le ton était aussi joueur qu'intriguant.

Elle hésita un instant à le faire volontairement

pour le mettre au défi, mais elle préféra rester sage. Qui sait ce qui aurait pu lui arriver et la douleur était si présente dans son corps qu'elle n'était pas pressée de le découvrir. Elle tenait toujours en équilibre, lui sur le côté, le pied sous son talon. Il prit une patte d'ours aux griffes tranchantes et commença à parcourir la peau de son dos. La pression était légère, mais il l'intensifia rapidement. Les griffes s'enfoncèrent jusqu'à laisser de petites traces rouges. Elle ne bougea pas, mais cela lui demandait beaucoup d'efforts. La griffe descendait le long de sa colonne vertébrale puis sur la fesse. Il descendit le long de sa cuisse avant de remonter sur ses côtes.

Elle se disait que finalement, ça n'était pas si dur, mais il appuya un peu plus fort. Elle se contracta. La griffe descendit doucement, pénétrant sa peau et laissant derrière elle une trace rouge vif. Elle haletait, la sensation était horrible, agréable, douce et violente, peut-être même insupportable, mais avec l'envie que cela ne s'arrête plus. Son corps lui envoyait tellement de signaux contradictoires qu'elle ne savait plus que penser.

Il appuya encore plus fort et une goutte de sang perla dans le bas de son dos. Il remonta sur son flanc. La trace rouge devint liquide et le sang coula un peu plus. Elle poussait de petits cris tout en maintenant du mieux qu'elle le pouvait la position. Les pinces à linge sur ses seins, être tenue sur la pointe des pieds, les griffes qui la lacéraient, c'en était trop. Elle écrasa malgré elle le pied de Monsieur qui était sous son talon, avant de tenter de se remettre en position.

— Je vous avais pourtant prévenue, lui dit-il, amusé.

— Pardon, Monsieur, je suis désolée, bégaya-t-elle.

— Je ne crois pas que vous l'êtes, au contraire.

Il lâcha sa griffe, se colla contre elle et passa son avant-bras autour de sa gorge, puis il commença à serrer, lui coupant ainsi la respiration.

Son souffle devint sonore au moment où elle

suffoqua.

— Je vais vous apprendre à être obéissante, lui dit-il sévèrement.

Elle ne pouvait plus respirer et ses yeux se remplirent de panique. Il ne lui avait jamais fait cela auparavant et la peur s'empara d'elle. Il relâcha son étreinte, elle prit une grande respiration. Aussitôt, il plia son avant-bras, lui écrasant la gorge. Privée d'air, elle s'agrippa plus fort à la table. Les secondes semblaient sans fin, et l'air commençait à lui manquer beaucoup trop. Il relâcha sa pression, elle respira à nouveau. Elle pensait que cela suffirait et qu'il allait arrêter, mais il serra à nouveau tout en s'approchant de son oreille pour lui murmurer :

— Je pourrais ne pas relâcher ma prise jusqu'à ce que vous vous évanouissiez.

Elle fut parcourue d'un frisson d'effroi. Pouvait-il faire cela d'elle ? Allait-il aller aussi loin ? Elle ne l'espérait pas, mais il paraissait déterminé. Les secondes étaient désormais beaucoup trop longues et elle suffoquait. Elle commença à se débattre, mais il était beaucoup plus grand qu'elle et son emprise était immuable. Il serra plus fort, elle se débattit un peu plus.

Elle sentait l'oxygène lui faire défaut, et à présent, la douleur avait laissé place à la peur de perdre connaissance.

Il relâcha son étreinte, la laissant reprendre son souffle.

— Tu ne crois tout de même pas que je vais abîmer mon petit jouet…

Il la fit pivoter pour lui faire face. Ses petits yeux hagards cherchaient des réponses à des questions que personne n'avait posées. Il retira une à une les pinces à linge de ses seins, dévoilant de larges traces rougeâtres, puis il passa une main sur son visage.

— Nous allons en rester là, je crois que c'est assez pour ce soir, dit-il avec une voix douce et stricte à la fois.

Elle comprit que la séance était finie. Elle aurait

aimé que cela continue, tant les endorphines qui parcouraient son corps étaient devenues une drogue, mais il devait la protéger d'elle-même et il le savait.

Elle se mit à genoux devant lui, s'inclina jusqu'à ce que son visage touche le sol en guise de remerciement.

— Merci, Monsieur, dit-elle d'une voix timide.

Chloé, qui n'avait rien perdu de ce magnifique spectacle, s'empressa de venir essuyer ses plaies avant de déposer une couverture sur ses épaules.

Il s'assit au sol et elle posa sa tête sur sa cuisse.

Elle cacha son visage dans ses mains et commença à sangloter. Il eut été facile de ne s'attarder que sur la douleur qu'elle avait reçue, mais c'était pour elle le seul moyen d'ouvrir la porte de ses émotions et de relâcher enfin toutes les tensions qui s'étaient accumulées en elle. Il passa sa main sur ses cheveux qu'il caressa doucement. Elle n'osait pas le regarder, coupable d'un plaisir dont elle ne pouvait plus se passer.

Ils restèrent ainsi quelques minutes, puis ils se levèrent. Elle ne regagna pas tout de suite sa cage. Chloé lui tendit une petite bouteille d'eau qu'elle s'empressa de porter à ses lèvres. Toujours emmitouflée dans sa couverture, elle s'allongea sur le tapis pour lentement revenir à un état de sérénité.

Pendant ce temps, il était retourné près de sa valise et avait commencé à nettoyer chacun de ses accessoires. Un spray antiseptique et un chiffon pour mener à bien cette tâche avant que chaque instrument ne retrouve sa place initiale. Il était méthodique et précis quand il s'agissait de s'occuper de ses jouets.

Sur le tapis, la petite tête blonde dodelinait. Il la regarda avec beaucoup de douceur et ne put s'empêcher de penser à leur première rencontre.

Elle était près du bar de ce donjon BDSM où Chloé et lui avaient décidé de venir passer la soirée. « L'Enfer » était bien sur terre, derrière une porte, en bas d'un grand escalier qui s'enfonçait dans les profondeurs de la ville. C'était un lieu de perdition où tous les fantasmes étaient possibles. Perséphone, la maîtresse des lieux, y régnait d'une main aussi ferme que vicieuse. Sa renommée n'était plus à faire dans la communauté des pratiquants. Chloé voulait depuis longtemps y passer la soirée et avait enfin réussi à convaincre son mari. Elle avait revêtu son plus beau collier de cuir et d'acier et s'était assise aux pieds de celui qu'elle avait l'habitude d'appeler Maître.

Très rapidement, la jeune femme blonde les avait remarqués et observés pendant une grande partie de la soirée. Leurs jeux sur la croix de Saint-André dans la cave voûtée, mais surtout lorsqu'ils pensaient être seuls dans une alcôve où Chloé et son Maître avaient fini par coucher avec un autre couple. Elle aurait aimé les rejoindre, elle aurait aimé sentir leurs corps. Tous deux dégageaient quelque chose qui l'attirait. Elle avait envie de se lover entre eux et de s'adonner à tous les jeux pervers auxquels on lui ordonnerait de jouer, mais sa timidité la poussait à rester dans son isolement. C'est Chloé qui l'aborda alors qu'elle était au bar pour commander des boissons. Elles échangèrent quelques mots, et enhardie par cet échange, elle décida d'aller leur parler pour tenter de faire connaissance.

Quelques mois plus tard, elle se présentait pour la première fois devant leur porte, prête à se plonger dans une expérience unique qui lui permettrait peut-être enfin de trouver sa place. Elle voulait se sentir utile et utilisée, grandir, mais surtout être dégradée, trouver sa place, que cela soit dans une cage, sur un tapis, ou bien aux pieds.

Elle avait dû signer un contrat dans lequel étaient reprises toutes les pratiques auxquelles elle consentait, mais également toutes les règles auxquelles elle devait se conformer. Monsieur avait beau être doux, il n'en était pas moins très à cheval sur les règles et l'obéissance.

Pendant son premier séjour, elle reçut sa première

séance. Des jeux d'impact softs qui permettaient à chacun de prendre ses marques. Elle dut aussi s'acclimater à son nouvel environnement. C'était un test qui devait décider de la poursuite ou non de leur expérience et le test, pour le plus grand plaisir de tous, fut un succès. Elle n'oublia jamais cette première nuit dans ce petit lit qu'on lui avait préparé. Pour la première fois de sa vie, elle avait dormi d'un sommeil lourd et réparateur, dans cette chambre où elle se sentait protégée, désirée et heureuse.

Quand elle revint le mois suivant, elle commença à prendre part à la vie de la maison. Monsieur lui apprenait les rudiments du protocole et Chloé lui indiquait comment se rendre utile pour les tâches quotidiennes. C'était une page vierge qui ne demandait qu'à être instruite. Elle reçut une nouvelle séance d'impact et constata avec surprise que l'implication était montée d'un cran. Elle ne pouvait que s'en réjouir tant elle aimait cette douleur piquante qui lui laissait désormais de larges marques sur les fesses. Le trajet du retour fut cette fois-ci plus difficile. Le siège de sa voiture était confortable, mais elle avait passé la moitié de la route à se tortiller tant la douleur était encore présente. Le lendemain, elle avait l'ordre d'envoyer à Monsieur une photo de ses marques. Elle se sentit comblée quand elle vit les taches brunes qui s'étaient assombries sur ses fesses, témoignage cinglant d'une séance intense.

Lors de sa troisième visite, elle reçut un collier sur lequel était écrit *Little Toy*, une cage de métal noir mise à sa disposition dans le salon et une liste d'objets à se procurer et à ramener lors de sa prochaine visite. Elle qui n'avait jamais été la priorité de personne devenait enfin quelqu'un d'attendu et de désiré. Elle avait la sensation délicieuse d'exister.

— Kitty, sortez de votre cage et venez manger un peu.

Ce n'était pas son vrai nom, mais c'est comme cela

qu'il l'avait baptisée. Elle s'exécuta immédiatement et s'avança à quatre pattes vers la table basse. À la fin du dîner, sans avoir besoin qu'on lui demande, elle aida Chloé à débarrasser. La vie semblait naturelle quand elle était avec eux. Les actions du quotidien entretenaient une routine rassurante dans laquelle elle se sentait bien.

— Venez vous mettre à genoux près de moi, demanda Monsieur.

Elle s'exécuta immédiatement.

— Ce soir, je vais continuer à vous utiliser.

— Faites de moi ce que bon vous semblera, Monsieur, lui dit-elle, le visage tourné vers le sol.

— Tu n'as pas peur que je puisse te faire du mal ?

— Non, Monsieur. Nous avons rempli une check-list et j'ai un mot de sécurité. J'ai toute confiance en vous.

— Très bien, qu'il en soit ainsi, dit-il avec un sourire rempli de vice. Tournez-vous et présentez-moi votre cul, que j'y pose mes pieds.

Surprise de cette demande, elle ne laissa pourtant

rien transparaître. Elle fit volte-face, et toujours à genoux, se pencha en avant. Le t-shirt glissa sur son torse et découvrit la peau diaphane de ses fesses sur lesquelles il posa ses pieds. Désormais, elle ne pouvait plus les voir, seuls les sons lui parvenaient. Elle entendit Chloé s'approcher de Monsieur sur le canapé, elle lui murmura quelque chose à l'oreille. Il ne répondit pas, mais elle put entendre un bruit métallique, un bruit de ceinture, puis il retira ses pieds. Elle entendit un pantalon glisser jusque sur les chevilles, puis il se rassit et posa à nouveau ses pieds. Elle était attentive à chaque détail et dorénavant, c'est un bruit de succion qui lui parvenait. Elle imaginait Chloé sucer Monsieur, ce qui était pour elle ce qui correspondait le plus à ce qu'elle pouvait entendre. Pourtant, il n'avait jamais rien fait en sa présence ni ne l'avait sollicitée pour ce genre de choses.

Peut-être que cette fois-ci, cela serait différent, espéra-t-elle. Elle n'eut pas longtemps à attendre puisqu'il finit par retirer ses pieds et lui demanda de se retourner. Elle ne s'était pas trompée. Il était assis confortablement dans le canapé, le sexe en érection, encore luisant de la salive de Chloé qui la regardait en souriant. Gênée, elle détourna le regard.

— Pourquoi ne la regardez-vous pas ?

— Je… Je ne sais pas, Monsieur.

— Vous êtes gênée ?

— Oui, un peu, Monsieur, je ne pensais pas vous voir comme ça.

— Regardez ma queue maintenant, et arrêtez de détourner le regard, lui ordonna-t-il d'un ton plus dur.

Elle était large et droite. Posée sur le bas de son ventre, elle remontait jusqu'à son nombril.

Il la prit dans sa main gauche et commença à se masturber. Il ne quittait pas des yeux Kitty qui semblait hypnotisée. Chloé, assise à côté de lui, aurait aimé continuer à le sucer, mais voir Kitty gênée d'un tel spectacle était tout aussi excitant.

— Approchez-vous, à présent.

Toujours à genoux, elle s'avança entre ses jambes tandis qu'il continuait à se masturber. Une fois suffisamment proche de son sexe, elle s'arrêta. Elle pouvait sentir ses tétons pointer sous son t-shirt, tandis que la gêne se transformait peu à peu en excitation. Monsieur était si sûr de lui avec son sexe dans la main que cela en devenait déstabilisant.

Il arrêta de se masturber un instant avant de s'adresser à elle :

— Prenez-le dans votre bouche et sucez-le, lui dit-il doucement.

Elle se pencha en avant et posa délicatement ses lèvres sur son gland. Elle commença à saliver et entama un mouvement lent tout en l'aspirant.

Monsieur se tourna vers Chloé qui avait déjà laissé glisser une main sur son entrejambe pour se caresser.

— Montre-lui comment sucer ma queue, j'ai l'impression que Kitty a besoin d'être éduquée. Elle est trop douce à mon goût.

Chloé lui répondit par un sourire et arracha de la bouche de Kitty le sexe gonflé de son mari dont les veines étaient devenues saillantes. Il prit une grande respiration et pencha sa tête en arrière. Chloé s'adressa au petit jouet :

— Tu commences déjà par le prendre en main et à le branler. Ne te jette pas dessus directement, lui dit-elle en la regardant droit dans les yeux.

Sa gêne était palpable, Chloé cherchait à la faire rougir.

— Ensuite, tu prends le temps de bien le lubrifier avec ta salive.

Elle mit le sexe dans sa bouche et commença à aller et venir dessus. Elle l'avala aussi loin qu'elle le pouvait, puis le ressortit. Avec sa langue, elle commença à le lécher de bas en haut, puis elle s'attarda sur le frein avec lequel elle joua quelques instants. Monsieur soufflait doucement. Le plaisir se diffusait en lui comme un poison. Chloé était douée et ses lèvres pulpeuses savaient comment lui donner du plaisir.

— Prends-le et maintenant, montre-moi comment tu suces mon mari, lui dit-elle. Applique-toi, ce n'est pas tous les jours que tu pourras sucer une aussi belle queue.

Kitty s'avança et prit dans sa main le sexe humide. Elle commença à le branler lentement. Elle regarda Chloé avec innocence. Elle entendait Monsieur respirer plus fort tandis qu'elle s'appliquait à maintenir une pression ferme sur son sexe. Elle approcha sa bouche tout en continuant à regarder Chloé, puis l'ouvrit délicatement. Elle tira la langue qu'elle tapota doucement avec le sexe qu'elle tenait toujours. Elle voulait jouer et Chloé l'avait bien compris. Kitty fit glisser le sexe de Monsieur dans sa bouche chaude et commença à le sucer avec plus d'intensité. Elle allait et venait le long de sa queue, cherchant à lui arracher de langoureux soupirs.

Elle essayait de la mettre tout entière dans sa bouche, mais elle n'y arrivait pas. Elle essaya tout de même, mais dut se retirer précipitamment pour éviter de vomir. Chloé reprit le sexe gonflé et le suça à son tour. Elle pouvait sentir le goût de la salive de Kitty, et prit un malin plaisir à accélérer le rythme. Elle voulait lui montrer ses talents et la manière dont son Maître et mari aimait être sucé. Leurs regards ne s'étaient pas quittés, l'une avec l'autre, l'une après l'autre.

Chloé retira le sexe de sa bouche, avant de lui sourire. Elle approcha son visage et embrassa Kitty à pleine bouche, mélangeant leur salive et le goût de cette queue qu'elles léchaient tour à tour. Les lèvres de Kitty étaient douces, sa langue agile. Chloé s'attarda à la goûter puis se retira.

— Suce-le encore, c'est à toi de faire tes preuves, pas à moi, dit-elle en plaisantant. Je crois qu'il a besoin de beaucoup plus.

Kitty lui répondit par un sourire et se jeta goulûment sur le sexe dressé devant elle. Le ton avait changé. Désormais, elles se comprenaient et cherchaient à offrir à Monsieur le plus de plaisir possible. Il ne put retenir un soupir de contentement. Si les choses continuaient ainsi, il aurait du mal à se retenir de jouir.

Kitty allait et venait, et Chloé appuya sur sa tête pour accompagner le mouvement.

— Suce plus fort, petite chienne ! T'es vraiment qu'une traînée pour aimer faire ça !

Elle attrapa ses cheveux attachés et tira avec force pour arracher sa bouche du sexe gonflé qui en demandait encore. Elle approcha son visage puis cracha sur la queue.

— Suce encore, mais dis-toi que cette queue aura toujours le goût de ma salive.

Elle jubilait de s'adresser à elle en ces termes. La maltraiter ainsi satisfaisait un petit côté sadique qui sommeillait en elle.

Elle appuya sur sa tête pour que Kitty prenne à nouveau le sexe dans sa bouche. Elle se remit à sucer bruyamment sous l'œil lubrique de Chloé qui était trempée. Elle passa une main sur son sexe, puis commença à se caresser en regardant Kitty qui avalait goulûment le sexe de Monsieur. Mais il ne voyait pas comme ça les choses et ordonna à Chloé de s'occuper à nouveau de sa queue.

— Tu pourras te masturber plus tard. En attendant, suce-moi et toi, Kitty,lèche mes couilles !

Il attrapa Chloé par le cou et la contraignit à se pencher jusqu'à introduire à nouveau son sexe dans sa bouche. Kitty se baissa un peu plus et commença à parcourir ses couilles avec sa langue. Il poussa un soupir rauque à la mesure du plaisir qu'il éprouvait. Les sensations étaient si intenses qu'il acceptait peu à peu de relâcher son emprise sur la situation. D'une main, il appuya sur la tête de Kitty pendant que Chloé continuait de le sucer.

— Lèche-moi le cul maintenant, dit-il tout en glissant un peu plus son bassin vers le bord du canapé.

Il plia et remonta ses jambes pour que Kitty accède plus facilement à son anus. Elle n'était pas coutumière de cette pratique, car elle trouvait cela humiliant, mais étonnamment, à cet instant, c'est ce qui l'excitait par-dessus tout. Elle donna un premier coup de langue qui le fit se contracter. Chloé n'avait pas arrêté son mouvement de va-et-vient et il ne put retenir un nouveau soupir de plaisir. Kitty, à présent, léchait son rectum avec ardeur en faisant de petits bruits qui trahissaient son entrejambe humide. Elle glissa discrètement une main sur son sexe et commença à se caresser. Elle savait qu'on ne l'y avait pas invitée et qu'à tout instant, si Monsieur s'en apercevait, il pourrait lui demander d'arrêter, mais la situation était si excitante qu'elle n'avait su se retenir. Chloé retira sa bouche, tout en continuant de le branler, et observa Kitty qui avait le visage collé sur les fesses de Monsieur. Sa langue allait et venait fébrilement. Elle pouvait sentir l'anus se contracter et se dilater au rythme de sa langue. C'était une connexion intime qui lui faisait beaucoup d'effet. Chloé pouvait sentir les spasmes qui parcouraient le sexe qu'elle tenait fermement dans sa main. Monsieur posa sa main sur sa tête.

— Suce-moi encore, ne t'arrête pas, je vais jouir, dit-il avec difficulté, tant le plaisir le submergeait.
Chloé eut à peine le temps de le reprendre en bouche qu'il éjacula avec force. Elle reçut tout son sperme et dut faire un effort pour ne pas le recracher tant le jet avait été puissant. Il poussa un râle guttural avant de souffler à plusieurs reprises avec force. Son corps était parcouru de frissons et de tremblements, Kitty continuait de le lécher et il dut repousser sa tête, car, maintenant qu'il avait joui, il n'arrivait plus à le supporter. Chloé avala son sperme avant de retirer son sexe de sa bouche. Elle le lécha encore un peu, aspira le bout de son gland, tout en regardant Kitty droit dans les yeux. Le visage du petit jouet était rougi par l'effort, son sexe frustré de n'avoir pas joui et sa bouche encore humide de tous ces jeux. Monsieur était affalé, terrassé par cet orgasme intense. Chloé posa sa tête sur sa poitrine. Elle était également frustrée de n'avoir pu jouir, mais elle savait que son mari

aimait lui faire ce genre de cadeau empoisonné. Parfois, il pouvait jouir et la laisser ainsi, le clitoris si gonflé par l'excitation qu'il en devenait douloureux. Elle espérait secrètement qu'il la délivrerait cette nuit, mais il était aussi imprévisible que ses envies.

— Tu es un bon petit jouet, dit-il en reprenant ses esprits. Retourne dans ta cage, maintenant.

Kitty, à quatre pattes, se dirigea vers la cage dans laquelle elle se lova sous le regard complice de Chloé qui l'aurait bien utilisée aussi avant d'aller se coucher.

*

Le lendemain matin, une odeur de café et de brioche envahit peu à peu la maison. Des petits cris se mêlaient au bruit de la machine à café et réveillèrent Monsieur. Chloé n'était plus dans le lit et ces petits cris n'étaient pas les siens. Il aurait pu trainer un peu plus longtemps sous les draps, mais la curiosité le poussa à se lever et à enfiler un pantalon de pyjama dans lequel son sexe à moitié gonflé pendait. Le pantalon était ample, mais on pouvait aisément voir la forme de sa queue et de son gland. Il descendit les marches pour rejoindre le rez-de-chaussée puis la cuisine.

Kitty était debout contre le plan de travail, une jambe levée, à côté de la machine à café en marche, le tee-shirt relevé, tandis que Chloé, à genoux derrière elle, léchait son sexe avec gourmandise. Ses longs cheveux blonds tombaient sur la cambrure de son dos et ses yeux fermés trahissaient le plaisir pervers dont elle était victime.

Chloé aperçut son mari. Elle lui lança un regard complice avant de s'arrêter un instant. Kitty ouvrit les yeux et, en le voyant, se mit immédiatement à rougir.

Chloé lui dit :

— Je voulais voir si elle savait faire le café dans toutes les circonstances.

— Mais ne vous arrêtez pas pour moi, lui dit-il, j'aime beaucoup ce que je vois.

Il passa une main dans son pantalon et commença à caresser son sexe qui était déjà dur.

— Lèche-la encore, je pense que je vais la baiser en prenant mon café.

Chloé reprit ce qu'elle avait commencé. Sa langue parcourait ses lèvres de son clitoris jusqu'à l'entrée du vagin. Elle maîtrisait parfaitement l'exercice tant et si bien que Kitty ne put retenir un orgasme qui la prit par surprise. Elle s'agrippa plus fortement au plan de travail et lâcha un petit cri. Elle pencha sa tête en avant, ses cheveux cachèrent son visage. Chloé agrippa ses fesses pour la maintenir et continua de la lécher avec plus de vigueur. Elle ne voulait pas que le plaisir s'arrête. Il fallait que son sexe continue d'être trempé pour que son Maître soit fier d'elle.

Ravi du spectacle, il avait fait glisser à mi-cuisse son pantalon, dévoilant son sexe dur qu'il branlait doucement.

Chloé se retira pour lui laisser la place. Son gland caressa l'entrejambe de Kitty où se mêlaient sa cyprine et la salive de Chloé. Elle était si frêle à côté de lui qu'elle avait la sensation de n'être qu'une petite souris entre ses mains. Il enfonça son sexe et elle lâcha un petit cri de douleur. Il posa ses mains sur ses hanches et commença à aller et venir en elle. Le mouvement s'accéléra rapidement. Il voulait qu'elle le sente en lui, il voulait la consommer, marquer de ses coups de reins sa propriété.

Chloé s'était relevée et s'était adossée au mur opposé. Elle aurait aimé qu'il la baise tant elle était excitée, mais elle savait que son tour viendrait. Elle se caressa vigoureusement. Elle était si excitée que son entrejambe lui faisait mal. Il fallait qu'elle se libère, qu'elle jouisse, que cela arrive vite. Elle n'attendit pas longtemps et l'excitation d'avoir léché Kitty mélangée au spectacle de son homme en train de la baiser la fit jouir avec force. Elle souffla, puis soupira, avant de crier sans aucune

retenue tout le plaisir qui s'était accumulé en elle. Monsieur était beau avec son pantalon baissé et ses mains puissantes qui maintenaient avec force ce petit être. Kitty devait encaisser des coups de reins de plus en plus violents et Monsieur ne lui permettait aucun répit.
Il finit par se retirer et continua à se branler quelques secondes tout en passant une main sur les fesses offertes de ce petit jouet. Il lui mit une petite fessée qui signifiait que le jeu était fini.

— Je t'enculerai plus tard, dit-il calmement. Pour l'instant, je vais prendre mon café.

*

Après le déjeuner, Monsieur quitta la maison pour aller faire quelques courses. La tension sexuelle était toujours palpable dans l'atmosphère, mais en son absence, elle était moins perceptible. La consigne était claire : « Tant que je ne suis pas rentré, interdiction de vous donner du plaisir ».

Kitty avait délaissé sa cage pour venir s'asseoir sur le tapis. Elle s'était adossée au canapé sur lequel Chloé s'était lovée confortablement. Un café sur la table basse attendait patiemment que viennent les confidences.

— Toujours pas d'amoureux dans ta vie, Kitty ?

— Non, personne, mais pour être honnête, je ne suis pas sûre de vouloir me mettre en couple.

— Pourquoi ça ? demanda Chloé, un peu surprise.

— Parce que j'ai encore envie de m'amuser et de profiter de ma vie. J'ai envie de faire encore plein de nouvelles expériences.

— Mais en quoi ça t'en empêcherait ?

— Parce qu'il faudrait quelqu'un qui me comprenne et surtout qui m'accepte comme je suis.

— Et tu crois que c'est si compliqué que ça ? Je suis sûre que tu dois avoir plein de mecs qui te courent après.

Kitty semblait gênée par ses réponses. Elle hésitait

à poursuivre.

— Je peux te parler franchement, Chloé ?

— Oui, bien sûr, tu sais qu'ici, tu es en sécurité et que tout ce que tu me diras restera entre nous.

— Je ne pouvais pas être plus heureuse que Monsieur ait enfin décidé de m'utiliser sexuellement. J'en ai eu envie dès que je vous ai vus tous les deux au donjon. Je sais, c'est bizarre, mais c'est quelque chose que j'ai toujours eu en moi. Ne me juge pas, s'il te plaît.

— Bien sûr que non, lui assura Chloé.

— Je ne sais pas si je suis hétéro ou bi ou je ne sais pas quoi. Ce qui m'excite, c'est vous deux. Enfin, je veux dire le couple.

— Mais tu as déjà fait des plans à trois pourtant ?

— Oui, mais un couple, ça n'est pas pareil. Je vois que tous les deux, vous vous aimez. Je le vois, ça se sent, et c'est super beau. Je crois même que c'est ça qui me plaît le plus. Je crois que c'est aussi ce que je voudrais pour moi plus tard.

— Une relation de couple BDSM et être soumise à ton mari ? demanda naïvement Chloé.

Kitty eut une expression de dégoût à laquelle Chloé ne s'attendait pas du tout. Elle reprit :

— Non, pas du tout. Plus tard, j'aimerais être dans une relation toute douce, avec un mari qui m'aime et qui me fait des câlins. On boirait un chocolat chaud en regardant une série à la télé sous un plaid moelleux. J'ai envie qu'il me regarde comme Monsieur te regarde, je trouve ça tellement adorable.

— Attends, Kitty, je ne comprends plus rien, là.

Kitty tourna la tête vers Chloé et la dévisagea de son regard angélique.

— Qu'est-ce qu'il y a de bizarre à vouloir ça ? demanda-t-elle avec toute l'innocence du monde.

— Rien, ça n'est pas ça, mais avec la séance que tu as eue hier, il n'y a pas de doutes que tu sois maso. Et puis, je ne crois pas que tu ne te soumettes que par jeu.

Kitty sourit. Elle comprenait enfin ce que Chloé

sous-entendait.

— Je n'ai pas dit que je n'aimais pas ça, mais c'est juste une expérience dans ma vie. Je suis encore jeune et j'ai envie d'essayer plein de choses, et je ne me mets pas de barrières. Personnellement, je ne pourrais pas être soumise H24, mais le temps d'un week-end avec vous, cela m'amuse énormément. Pourquoi devrais-je m'en priver ? Après, je n'ai pas dit que je voulais une relation sans sexe non plus, mais je crois que plus tard, j'aimerais surtout expérimenter autre chose.

— J'avoue que je suis sceptique, répondit Chloé. Je crois plutôt que tu ne peux pas choisir ta sexualité. Elle est comme elle est, et si tu es maso un jour, tu le seras toute ta vie.

— Nous verrons bien, lui répondit Kitty avec nonchalance, mais pour l'instant, je profite de tout ce qui s'offre à moi et je verrai plus tard.

Quand Monsieur revint à la maison, Chloé s'était attelée à la préparation du dîner. Kitty, qui n'avait aucun talent en cuisine, la regardait avec attention. Il déposa sur la desserte un paquet emballé rempli de mystère. Kitty avait remarqué le paquet, mais n'osa rien dire et laissa Chloé s'en charger.

— Qu'est-ce que c'est, chéri ?

— Un petit cadeau pour Kitty.

Le visage de Kitty s'illumina d'une joie irrépressible.

— C'est pour moi ?

— Oui.

— Je peux l'ouvrir maintenant ? demanda-t-elle timidement.

— Pas tout de suite, vous êtes bien impatiente… Il faudra attendre demain, je le crains.

— Oh, non ! s'exclama-t-elle ! Je ne vais jamais réussir à attendre aussi longtemps.

Chloé regardait Kitty et le paquet-cadeau d'un air circonspect. Elle avait du mal avec le fait que son mari commence à avoir des attentions envers cette jeune femme qu'elle avait laissé entrer sous leur toit. Quand tous deux avaient abordé le sujet d'inviter dans leurs jeux une tierce personne, les choses avaient pourtant été mises à plat.

Elle se souvenait de leur discussion comme si elle avait eu lieu la veille.

Ils étaient dans la piscine du spa d'un magnifique hôtel. Le clapotis de l'eau se mêlait aux senteurs d'huiles essentielles et la chaleur invitait à traîner dans le bassin. Ils avaient tous deux laissé leurs désirs parler et l'éventualité de faire participer une jeune femme à leurs fantasmes était apparue comme une évidence pour elle autant que pour lui.

— Le plus important, au fond, lui dit-elle, c'est ce qu'on s'autorise ou non avec cette femme.

— Oui, je suis d'accord, mais pour le coup, il faut reconnaître que c'est difficile de mettre des règles strictes dans la pratique. En théorie, oui, mais au pied du mur, toi et moi, on fonctionne beaucoup à l'instinct.

— C'est vrai, lui répondit-elle en s'adossant au bord de la piscine. Je suis d'accord là-dessus, mais je crois que je n'aimerais pas voir entre toi et cette femme de la tendresse. Tu sais, des bisous dans le cou ou des gestes tendres. Pour moi, c'est le genre de choses qui n'appartient qu'au couple.

— C'est juste et ça me convient, mais dans ce cas, un baiser est autorisé ou non ? Parce qu'il me semble que ça reste d'une certaine manière de la tendresse.

— C'est intime, oui, mais plus sexuel que tendre. Moi, je pensais plus à un petit bisou que tu me fais quand on est tous les deux et qui, pour moi, semble me dire « je t'aime ».

Il passa de l'eau sur son visage, profitant du cadre relaxant et poursuivit :

— Je vois ce que tu veux dire. Il y a le sexe, et puis il y a l'amour, et je te promets qu'il n'y aura aucun malentendu. Tu sais à quel point je t'aime et dans ce fantasme, je ne cherche pas une autre femme, juste un petit jouet pour nous divertir tous les deux.

— Moi, en tout cas, j'ai hâte que nous trouvions ce petit jouet, car plus j'y pense, et plus ça m'excite.

La discussion s'était longuement poursuivie jusqu'au restaurant de l'hôtel. Elle lui avait fait part de ses inquiétudes, il l'avait rassurée.

Il lui avait dit que personne ne pourrait jamais la remplacer, que leur amour était la pierre angulaire de la réalisation de leurs fantasmes. Elle l'avait écouté, elle avait douté, mais Monsieur savait lui parler et lui dire les mots qui lui faisaient du bien. Elle ne voulait pas abîmer cette relation qu'elle avait avec lui, mais elle devait admettre que la perversion était partagée et que ses envies étaient tout sauf simples. Elle avait envie de jouer, elle avait envie de partager le corps d'une femme sur l'autel du vice, de jouir et de la faire jouir. Elle avait envie de laisser libre cours à certaines envies sadiques qu'elle ne pouvait exprimer avec son Maître. Elle avait besoin de tout ça, mais elle avait peur qu'un jour, il ne l'aime plus, ou pire, qu'il la quitte pour une autre.

Il lui avait dit les mots dont elle avait besoin pour normaliser ce désir et leur volonté de trouver un petit jouet avait été envoyée à l'univers dans un pli recommandé avec accusé de réception.

Quelques mois plus tard, ils faisaient la connaissance de Kitty.

Kitty contemplait le paquet comme si elle pouvait voir à travers l'emballage. Elle aurait bien voulu l'ouvrir, mais Monsieur avait été formel. Elle devrait attendre le lendemain. Elle resta interdite, se demandant ce qu'il avait bien pu lui acheter.

Monsieur s'éclipsa à l'étage pour se changer et Chloé le rejoignit dans leur chambre.

— Tu ne m'avais pas dit que tu voulais lui faire un petit cadeau. Je ne sais pas comment je dois le prendre.

Il la regarda avec surprise.

— Pourquoi cela t'embête autant que je lui fasse ce cadeau ? Ça n'est rien.

— On ne voit pas les choses de la même manière. Maintenant, tu vas garder à la maison des objets à elle.

— Pas du tout, ma chérie, ça n'est absolument pas ce que j'ai prévu.

Il la regarda avec une extrême douceur. Il pouvait lire sur son visage toute l'inquiétude d'une femme qui a peur pour sa relation et qui était prête à tout pour la protéger. Il reprit :

— Fais-moi confiance, s'il te plaît. Je n'ai pas oublié ce que nous nous sommes dit ce jour-là dans la piscine de l'hôtel. Je sais que la limite, c'est la tendresse et de ne pas chercher à développer ou à entretenir des sentiments. Je sais aussi à quel point cela peut te faire peur, une femme seule et ce qu'elle pourrait éprouver, mais encore une fois, s'il te plaît, fais-moi confiance.

— Je ne suis pas sûre qu'elle cherche à te détourner de moi. En tout cas, c'est ce que j'ai cru comprendre quand nous avons discuté cet après-midi, mais j'ai plus peur que ce soit toi qui te détournes de moi. C'est peut-être un peu bête, mais j'ai peur que tu tombes amoureux.

Les mots résonnèrent et restèrent quelques secondes en suspens. Il s'approcha d'elle et, d'une main rassurante, caressa son visage. Son regard était doux et plein de compréhension.

— Fais-moi confiance, mon amour, je sais à quel point tu m'aimes, mais je crois que tu ne te rends pas compte à quel point je t'aime. Je ne te quitterai jamais pour elle, ni pour qui que ce soit d'ailleurs. Tu es la femme que j'ai toujours voulu avoir, que j'ai toujours désirée et même si tu as l'impression d'être en danger dans cette situation, je suis très attentif à nous, à ton bonheur et à l'équilibre de notre couple. Est-ce que tu crois que jusqu'à demain, tu peux me faire confiance ?

— Bien sûr, mon amour, je te fais confiance et

je t'aime plus que tu ne l'imagines. Je n'ai juste pas envie de te perdre, je tiens tellement à toi.

Il la prit dans ses bras et la serra avec une infinie tendresse. Elle était sa priorité, elle était sa soumise, mais aussi l'amour de sa vie. Elle était tout pour lui, mais ce soir, elle serait surtout sa complice dans le vice.

*

Le dîner terminé, tous les trois restèrent un long moment à discuter. L'atmosphère était légère, le vin excellent et l'humeur joyeuse de Monsieur était contagieuse. Il sortit de sa poche une petite bouteille au bouchon noir. Cela ressemblait à un flacon de pharmacie en verre brunâtre. Il ouvrit le flacon, le proposa à Chloé qui se boucha une narine et de l'autre, prit une grande inspiration. Il fit de même. Une vague de chaleur envahit son visage et une excitation soudaine parcourut son corps. Il pouvait le sentir dans chacun de ses membres. Il se leva.

— Il est l'heure de jouer un peu.

Chloé le regarda avec désir, elle aimait quand Monsieur prenait des initiatives et cherchait à mener le jeu.

Il se leva et déplaça la table basse sur laquelle ils avaient dîné pour profiter entièrement du tapis devant le canapé.

— Kitty, mettez-vous debout au milieu du tapis, je veux vous regarder.

Elle s'exécuta sans dire un mot.

— Maintenant, tournez-vous, je veux vous voir entièrement.

Elle tourna sur elle-même sans savoir vraiment comment se comporter.

Il tourna la tête vers Chloé et lui dit :

— Est-ce que tu préfères voir sa chatte ou sa poitrine ?

Elle prit une seconde pour analyser la jeune femme.

— Sa poitrine, dit-elle en la regardant avec

envie.

Monsieur s'adressa à Kitty :

— Retirez votre tee-shirt.

Elle s'exécuta, dévoila deux petits seins bombés et blanchâtres dont le téton pointait déjà. Il poursuivit :

— Caressez-les.

Elle baissa la tête et passa une main sur sa poitrine, puis l'autre et humiliée par la situation, elle pouvait sentir son entrejambe devenir humide. Elle aimait l'idée qu'il la regarde, qu'il la juge, qu'il l'humilie, mais elle n'aurait jamais osé se l'avouer. Tout était plus simple quand cela arrivait et qu'il n'y avait pas besoin de se le dire.

— Regardez-moi, Kitty, regardez-moi quand vous vous caressez.

Ses yeux se jetèrent dans les siens sans plus pouvoir s'en détacher. Son regard magnétique était si intense qu'elle ne put le soutenir que quelques secondes avant de baisser les yeux.

— Retirez votre culotte à présent, vous n'êtes

pourtant pas censée en porter ici.

Kitty ne répondit rien, car elle savait qu'elle avait enfreint une des règles et elle fit glisser le bout de tissu sur ses chevilles avant de l'ôter totalement. Elle était devant eux, offerte, nue, prête à être utilisée et remplie.

Chloé murmura à l'oreille de Monsieur :

— Ne la punis pas, dis-lui plutôt de se tourner, j'ai envie de voir son cul.

— Tu devrais le lui dire toi-même, ma chérie.

Elle lui sourit, surprise, mais ravie de sa réponse. Elle se redressa sur le canapé et regarda Kitty. D'une voix timide qui se voulait ferme, elle lui demanda de se tourner pour exhiber ses fesses. Elles étaient rondes et appétissantes. Chloé aimait le spectacle et continua :

— Allonge-toi sur le tapis, j'ai envie de voir si tu es capable de vraiment jouir.

Kitty lui jeta un coup d'œil intrigué avant de baisser les yeux et de s'allonger. Chloé garda son tee-shirt et s'agenouilla près d'elle. Elle caressa doucement son sein, et Kitty se cambra légèrement, excitée de sentir sur son corps la main de Chloé. Sa peau était douce, mais ses doigts maintenaient désormais son sein fermement. Ils vinrent légèrement pincer le téton durci qui arracha un gémissement à Kitty.

Chloé la fixa droit dans les yeux.

— Il va falloir que tu te retiennes. Tu n'as pas le droit de jouir tout de suite, petite pute.

Elle approcha son visage de la poitrine de Kitty et lécha aussi lentement que délicatement le téton qu'elle tenait au creux de sa main. Kitty soupira avec force, tentant de contenir le plaisir qui l'avait envahie. Allongée sur le tapis, elle tentait de rester immobile. Chloé finit par se redresser et lui demanda de se mettre maintenant à quatre pattes. Elle quitta la pièce un instant pendant lequel Monsieur, qui se délectait du spectacle, passa une main sur son entrejambe. Son sexe se gonflait déjà sous l'excitation.

Chloé revint avec un plug doré et un tube de

lubrifiant. Elle s'accroupit derrière elle et commença à faire glisser un doigt sur son anus. Il était réactif et Kitty faisait tout ce qu'elle pouvait pour rester silencieuse. L'idée que Monsieur puisse voir tout cela était si humiliante que cela décuplait son excitation. Chloé fit couler un peu de lubrifiant entre ses fesses et approcha le plug. Le bout arrondi caressa l'orifice qui s'écarta doucement sous la pression. Chloé appuya un peu plus fort jusqu'à ce qu'elle sente une petite résistance et s'arrête. Naturellement, Kitty se dilata et son anus laissa le plug pénétrer en elle et la remplir. Elle soupira de plaisir et Chloé lui mit une petite fessée pour la féliciter.

— Allonge-toi sur le dos maintenant, dit-elle avec autant de douceur que de fermeté.

Kitty se positionna. Chloé retira sa culotte qui était trempée. Elle s'agenouilla sur le visage de Kitty, lui présentant son sexe pour qu'elle puisse le lécher. Kitty ouvrit la bouche et posa immédiatement sur le sexe de Chloé sa langue. Elle pouvait enfin sentir son goût et l'odeur de son sexe. Elle léchait avec avidité tandis que Chloé s'écrasait sur son visage tout en fermant les yeux. Elle ondula son bassin sous les coups de langue appliqués de Kitty qui écarta ses cuisses.

Chloé se pencha en avant, s'appuyant sur un bras, et de l'autre, elle commença à caresser le sexe du petit jouet allongé.

Monsieur avait fini par ouvrir son pantalon et attraper son sexe qu'il branlait maintenant ouvertement, hypnotisé par ce spectacle.

Chloé pouvait sentir que Kitty était trempée et elle enfonça deux doigts en elle, provoquant un spasme de plaisir qui traversa tout son corps. Elle ne s'arrêta pas pour autant de lécher, plissant les yeux pour mieux se concentrer.

Chloé sentait le plaisir monter par vagues successives en elle, mais l'orgasme prendrait du temps. La langue qui s'affairait dans son entrejambe était parfois un peu malhabile, mais sa détermination rendait la chose plus qu'excitante.

Elle bougeait son bassin, écrasant volontairement le visage du petit jouet, l'empêchant par moment de respirer. Elle voulait qu'elle lutte, qu'elle sente la pression de son corps sur elle.

Monsieur se leva et retira son pantalon qui ne lui était plus d'aucune utilité. Son sexe désormais était dur et large. Il s'approcha de Chloé et de sa bouche dont il tapota les lèvres avec le bout de son gland. Sa langue ne tarda pas à venir lécher son sexe avant de le prendre entièrement dans sa bouche. Il posa une main sur sa tête pour guider ses mouvements qu'il intensifia. Il voulait qu'elle le suce avec force, qu'il sente sa bouche se contracter sur sa queue. Kitty continuait de pénétrer de sa langue Chloé qui gémissait tout en suçant Monsieur. Après quelques instants, il se retira et fit asseoir Chloé sur le canapé. Il redressa Kitty pour la mettre à quatre pattes. Sa tête retrouvait le sexe de Chloé et il pouvait la prendre à son aise en levrette. Il commença par frotter son gland sur les lèvres trempées de Kitty. Elle frissonna et agita ses fesses sous l'excitation. Il pouvait voir le plug dans son anus s'agiter. Sa langue léchait Chloé qui s'était installée confortablement et profitait des baisers voluptueux du petit jouet. Monsieur attrapa les hanches de Kitty et enfonça son sexe en elle. Il était dur et droit, lui arrachant un cri de surprise et de plaisir. Il entama une succession de longs va-et-vient en elle, prenant le temps de ressentir chaque seconde de ce moment. Le plug décuplait les sensations et intensifiait chacune des pénétrations de Monsieur.

Sa main se posa sur le cou du petit jouet, puis il lui attrapa les cheveux et tira sa tête en arrière. Le sexe de Chloé, délaissé de cette langue joueuse, protesta et elle fit une moue de mécontentement. Kitty, les yeux fermés, la bouche ouverte, ressentait chacun des coups de reins de Monsieur qui n'en finissait plus de la pénétrer. Tous ses muscles étaient tendus, son seul but était de profiter d'elle encore et encore.

La tête de Kitty tenait tout entière dans la main de

Monsieur qu'il baissa jusqu'à l'écraser sur le sexe de Chloé. De son autre main, il passa sous son ventre, puis entre ses jambes, et il commença à caresser le haut de ses lèvres tout en continuant à la pénétrer. Kitty ne pouvait plus retenir ses gémissements d'excitation qui trahissaient un lâcher-prise nouveau pour elle. Monsieur se retira d'un coup et ordonna à Kitty de ne pas bouger. Il monta sur le canapé pour présenter son sexe à Chloé qui dut le prendre en bouche sans pouvoir le refuser. Il s'enfonça profondément en elle, puis il donna de petits à-coups qui l'empêchaient de respirer. Elle émit un bruit et il se retira. Il attrapa son sexe et lui frappa avec fermeté le visage. Elle aimait sentir sa queue gifler ses petites joues rougies par l'effort. Elle ouvrit la bouche et le suça à nouveau, mais il se retira pour retrouver le cul de Kitty qui se trémoussait d'impatience. Il tapota ses fesses avec son sexe toujours dur, puis vint le présenter entre ses cuisses. Elle était si excitée qu'il n'eut aucun mal à la prendre à nouveau. Il commença à aller et venir en elle avec plus de rapidité. Des coups de reins étaient de plus en plus secs. Il voulait qu'elle puisse sentir la pression monter, la volonté que le plaisir soit de plus en plus intense jusqu'à ce qu'elle jouisse sans retenue. Il n'avait plus que pour but d'entendre ce petit jouet crier de bonheur et supplier d'un répit nécessaire.

Chloé se releva à son tour et se mit à quatre pattes à côté de Kitty, le cul offert pour son Maître à qui elle jeta un regard complice. Elle voulait aussi sentir son sexe en elle et pouvoir jouir. Kitty la regarda et elle lui répondit avec un petit crachat au visage, puis lui dit :

— Tourne la tête, petite pute, et baisse les yeux pendant que Monsieur te baise, reste concentrée sur sa queue.

Elle acquiesça d'un petit cri aigu. Chloé était impatiente de le sentir en elle, mais ne se plaignit pas. Il se retira de Kitty puis se positionna derrière Chloé. Il caressa ses lèvres avec son sexe sur lequel il restait de la cyprine du petit jouet. Chloé gémit doucement et il la pénétra directement jusqu'à ce que son pubis touche ses fesses. Elle cria un peu plus fort.

D'une main, il attrapa sa poitrine qu'il serra avec force. Il connaissait son corps et savait comment lui faire plaisir. Il la pénétra avec force et continua à un rythme soutenu qui la faisait trembler sur ses genoux. Son sexe la ravageait, coup de rein après coup de rein. Elle sentait le plaisir la submerger, des vagues continues d'électricité qui faisaient réagir chaque parcelle de son corps. Elle finit par jouir dans un cri désespéré, implorant qu'on la délivre. Son corps était parcouru de spasmes incontrôlables accompagnés de souffles courts et rauques. Il ralentit ses assauts et ses mouvements de bassin devinrent plus longs et sensuels. Il accompagnait langoureusement la descente. Il déposa un baiser sur son dos et murmura un *je t'aime* que seule Chloé pût entendre. Elle sourit, contentée de sentir avec lui une connexion aussi intense.

Quand la respiration de Chloé devint plus régulière, il se retira, se leva et alla s'asseoir sur le canapé. Il signifia à Kitty de venir sur lui et qu'elle le chevauche. Il la prit par la taille et la positionna. Son sexe était raide et Kitty, toujours aussi excitée, était prête à le sentir en elle. Elle fit un petit mouvement avec ses fesses qui fit glisser son sexe rigide directement.

Les mouvements de son bassin s'intensifièrent, elle allait d'avant en arrière, les mains posées sur le mur pour lui donner de meilleurs appuis.

Monsieur la laissait branler son sexe avec le sien, comme un petit jouet dont l'existence entière était consacrée à le faire jouir encore et encore. Il pouvait sentir sa peau frémir, son souffle rapide, et ses cheveux venir caresser son visage. Elle avait fermé les yeux, ne pensant qu'à son sexe qui accueillait le sien, la largeur qui écartait son entrejambe et le frottement qui était en passe de la faire succomber. Elle se retenait autant que possible, mais de petits cris aigus trahissaient ses efforts.

Il pouvait sentir son sexe glisser en elle et le parfum de sa peau qui commençait à transpirer. Sa poitrine bougeait en rythme, et le bruit de claquement de leurs sexes l'un contre l'autre imposait le silence.

Soudainement, Kitty lâcha un long cri qu'elle n'arriva pas à réfréner. Le plaisir l'envahit de part en part et ses cuisses se mirent à trembler. Elle avait joui si brusquement que l'orgasme n'en avait été que plus violent. Monsieur ne voulait pas que son plaisir redescende, et dans un sadisme bien intentionné, il se redressa et commença à lui lécher le téton. Sa peau avait un léger goût de sel et son sein était gonflé. Sa langue titillait, léchait, s'appliquait à la faire frémir à chacun de ses passages. Elle venait de jouir, mais son corps ne voulait pas cesser de trembler. Elle posa une main sur le torse de Monsieur pour lui demander une pause. Il se recula en la regardant. Il voulait voir si sa demande était légitime. Il ne s'attarda que quelques secondes et se remit à lécher son téton. Chloé regardait la scène en se caressant, elle aimait voir son mari prendre une autre femme. C'était une idée qui l'avait gênée pendant longtemps, mais aujourd'hui, les choses avaient changé. Il était beau dans cette posture, en train d'utiliser ce petit jouet pour son seul et unique plaisir. Elle savait qu'il ne partageait rien avec elle, juste un moment charnel durant lequel il pouvait faire d'elle tout ce qu'il voulait. Elle savait qu'il était prédateur, et ce petit chat tombait sous ses griffes. Elle caressait son clitoris en attendant de pouvoir être pénétrée à nouveau par Monsieur. Elle avait une véritable dévotion pour sa queue et ne se lassait jamais de l'avoir en elle de quelque manière que ce soit.

Il finit par s'arrêter et lui demander de se lever. Il ne voulait pas encore jouir, mais profiter de cet instant autant qu'il le pouvait. Il tendit la main à Chloé et l'invita à se lever et à le rejoindre. Elle prit sa main et il la tira à lui. Sa bouche vint chercher la sienne et il l'embrassa doucement parce qu'il l'aimait et qu'il voulait qu'elle le sache à cet instant. Il fit signe à Kitty de venir prendre son sexe dans sa bouche. Pendant qu'il embrassait Chloé, elle se faufila entre ses jambes jusqu'à pouvoir attraper son sexe avec ses lèvres. Elle commença à le sucer et il se rendit compte qu'il était au bord de jouir. Il intima à sa femme de s'agenouiller à côté de Kitty, pour lui présenter à son tour son sexe et qu'elle le lèche. Il voulait se vider en elle, cracher son foutre dans sa bouche et qu'elle puisse ressentir les frissons qui le parcouraient.

Elle le suça avec vigueur sous l'œil envieux de Kitty qui aurait bien voulu aussi goûter à son sperme. Il ne fallut que quelques instants pour que tout son corps se crispe et qu'il jouisse avec force dans la bouche de sa femme.

Elle n'arrêta pas son va-et-vient, et au contraire, continua d'aspirer son sperme. Elle se retira doucement, le laissant encore trembler après ce shoot d'endorphine, et embrassa Kitty pour lui partager le sperme encore chaud. Sa langue se mélangea à la sienne et Kitty put enfin goûter Monsieur grâce à elle.

Elle continua à l'embrasser langoureusement, laissant la semence couler sur sa joue puis sur son menton. Monsieur, haletant, s'écroula sur le canapé, le sexe dans la main, vidé de toute énergie vitale.

*

Le lendemain matin, tous les trois se retrouvèrent autour du petit-déjeuner dans le salon où la veille, ils avaient baisé sur le tapis. Madame apporta à Monsieur son café qu'elle déposa sur la table. Kitty buvait un thé dans un grand mug Disney, tout comme Chloé, assise sur le canapé.

Assise sur le tapis, Kitty regardait Monsieur avec de grands yeux suppliants.

— Est-ce que je vais pouvoir ouvrir mon

cadeau aujourd'hui, vous croyez?

— Oui, vous pouvez l'ouvrir si vous le souhaitez, dit-il doucement, tout en reposant sa tasse sur la table basse.

Kitty se dirigea vers la cuisine où elle attrapa le paquet qui l'attendait depuis la veille. Elle arracha le papier, sous l'œil circonspect de Chloé qui n'appréciait toujours pas que son Maître puisse commencer à faire des cadeaux à une autre femme.

— Oh, Monsieur, c'est tellement gentil ! Je l'adore ! Merci beaucoup.

Dans le paquet, il y avait une petite gamelle en inox sur laquelle le nom de Kitty était gravé.

Chloé n'arrivait toujours pas à apprécier ce moment, mais il lui avait demandé de lui faire confiance et elle avait accepté.

Kitty reprit :

— Je ne sais pas vraiment comment vous dire merci, Monsieur, et vous n'auriez pas dû.

— Si. C'était important pour moi, vous savez. Je voulais vous offrir ceci pour marquer la fin de notre aventure à tous les trois.

Chloé se retourna vers lui, surprise, cherchant à comprendre ce qu'il avait en tête. Kitty le regarda avec tristesse et ne semblait pas comprendre.

— J'ai fait quelque chose de mal, Monsieur ? Je ne peux plus être votre petit jouet à tous les deux ?

Elle était affligée à l'idée de ne plus pouvoir servir, d'être rejetée.

Monsieur but une gorgée de café. Il n'avait pas l'air surpris de leurs réactions.

— Vous avez été parfaite, lui dit-il, mais cela n'a rien à voir avec ça. Nous avons eu un moment incroyable hier soir, et je dois avouer que j'ai même hésité à vous réveiller pendant la nuit, mais ce sera malheureusement la dernière fois. Je savais que ce moment arriverait, je m'y suis préparé, mais je ne voulais pas que vous le redoutiez.

— Ça n'explique pas pourquoi vous ne voulez plus de moi, répondit Kitty, le regard triste.

— Parce que nous ne pouvons avoir qu'une seule fois du sexe tous ensemble, et que cette fois passée, il est temps de mettre un terme à la relation. Si je vous l'avais dit dès le début, je pense que cette expérience que nous avons menée tous les trois n'aurait pas été la même.

— Mais c'est cruel, dit Kitty, pourquoi une fois qu'on a baisé, on doit se quitter ? Je ne comprends pas, Monsieur.

Il marqua une pause pour que le silence donne plus d'ampleur aux paroles qu'il allait prononcer.

— Parce qu'au-delà de l'exception, les sentiments se créent dans l'habitude. Pour éviter que l'on s'attache trop les uns aux autres, il vaut mieux que cela n'arrive qu'une fois et que l'on reste tous sur un bon souvenir.

— Mais moi, je ne vais pas m'attacher, Monsieur, dit-elle avec une pointe de rébellion dans la voix, et je ne veux pas que ça s'arrête comme ça.

Elle fit une moue enfantine qui n'eut malheureusement aucun effet sur celui qu'elle espérait attendrir.

— Toi, peut-être pas, mais c'est peut-être nous. Comme je ne le sais pas et que je veux que les choses restent de belles expériences, il faut que cela soit la dernière fois, et ce cadeau sera un joli souvenir de ces moments qu'on aura partagés.

— C'est super triste ce que vous dites, répondit Kitty.

Elle faisait la moue.

— Je vous assure que c'est mieux comme ça, lui dit-il avec bienveillance.

*

Après le déjeuner, elle rangea ses affaires dans sa valise cabine rose et, une fois prête, attendit Chloé et son mari dans le hall d'entrée. Elle savait que ce n'était pas un au revoir, mais un adieu. La durée de vie du petit jouet était limitée et il était temps de refermer le chapitre de cette expérience. Elle n'en avait pas l'envie, elle trouvait tout cela injuste après tout ce temps à avoir appris à se connaître. Elle avait un goût de trop peu, mais il faut croire que c'est ce que Monsieur souhaitait.

Il prit Kitty dans ses bras pour lui déposer deux baisers sur les joues. Chloé l'embrassa à son tour. Elle les regardait avec une nostalgie précoce, ils lui manquaient déjà. Ils ne se dirent rien pour ne pas rendre l'instant plus tragique qu'il ne l'était déjà, même si Monsieur semblait détendu et étranger à toute émotion.

Elle retourna à sa voiture, et Monsieur ferma la porte d'entrée, laissant le petit jouet retrouver sa vie et ses occupations quotidiennes.

— J'ai vraiment été surprise que tu mettes fin aussi rapidement à cette histoire avec Kitty, dit Chloé qui voulait en savoir plus. Tu pensais tout ce que tu disais ?

— Oui, bien sûr, c'est un risque émotionnel que je ne veux pas prendre. Coucher régulièrement avec quelqu'un peut vite devenir un problème et si l'on veut que chacun reste à sa place et que tout se passe bien, il faut que cela n'arrive qu'une fois.

C'est beaucoup de temps passé à mettre en place une dynamique pour que cela arrive, mais je dois reconnaître après hier que cela en valait la peine.

— Tu avais peur de tomber amoureux ? demanda-t-elle timidement.

— Non, pas du tout, comme je te le dis chaque jour, c'est toi que j'aime et que j'aimerai toujours. Je ne sais pas si elle aurait pu tomber amoureuse, mais sincèrement, je n'en suis pas sûr.

Chloé ne répondit rien, bien qu'elle sût qu'il lisait facilement dans son cœur. Il savait que cette histoire avait questionné leur relation de couple et, étonnamment, renforcé leur complicité. Chloé sortait grandie de tout cela et était désormais prête à suivre son Maître sur les chemins sinueux du vice et de la perversion.

— J'aurais quand même pensé que tu aurais voulu la revoir encore au moins une fois.

— Pourquoi cela ?

— Je ne sais pas, peut-être parce que ça t'excite et que tout cela te rend très pervers et créatif.

— Tu as raison, lui répondit-il, mais je n'ai pas renoncé à tout ça.

— Alors, pourquoi écourter aussi vite les choses ?

— J'ai déjà quelqu'un d'autre en tête… lui dit-il avec un sourire malicieux.

www.ingramcontent.com/pod-product-compliance
Lightning Source LLC
LaVergne TN
LVHW090054160826
845672LV00015B/1926

* 9 7 8 2 9 5 8 5 6 5 7 8 7 *